貧乏赤裸々

人生に無駄はない

平瀬春吉
Hirase Haruyoshi

幻冬舎MC

貧乏赤裸々　人生に無駄はない

はじめに

本書は、著者自らの経験を主に、書き著したドキュメントです。貧乏人が生き抜いた処世術です。決して無駄にはならないと思います。どこから書き出しても貧乏人。小学校から順に追ってみました。

戦争中、戦後間もない頃を生きた人たちは、「その頃はみんな貧乏だったよ」と言います。私はその中でも並み外れた極貧で、よく生き延びたと思える実態を取り上げ、赤裸々に書くことは、恥も外聞も捨てて我が身をさらすことになり、かなりの抵抗がありました。

世代を通した世情を書き残すのが、この本の意義と自負しております。空腹と寒さをギリギリ凌げば、人間は生きられるのです。貧乏人とは、衣食住のすべてに於いて耐乏生活を強いられた人のことです。お金が無いだけが貧乏人ではないのです。

貧乏して備わる力は精神力であり〝底力〟です。これが貧乏人の強みです。耐えることで養われた耐性は生涯離れず、絶対に無駄にはならないと思います。いくら人と違っていても、それだけ人生の勉強になったと、明るく捉えることが大事なのです。

貧乏人は金持ちの引き立て役ながら、戦後の復興と時代の進化を担ってきたのです。顧みると、いろいろな憂き目に遭いそのときの人々に支えられ、何のお礼も言わずの今日です。お陰様で〝今がよくて、すべてよし〟です。この本の紙面をお借りして、お世話になった人々に声を大にして「ありがとう」をお贈りいたします。

出版に関わって頂いた編集部の皆さんへ、一言贈らせて頂きます。

「私の遺書が出来上がり、ありがとうございました」

平瀬春吉

令和五年三月

目次（貧乏歴）

極貧による感化・外（五十五歳以降）――91

極貧の足跡をたどる（昭和十八年〜四十二年）

掘っ建て小屋に住む

昔のことを話すとき、貧乏という言葉が自然と出てくる。貧乏の生き様を語るときは、貧乏連鎖で父親の生い立ちにも触れることになるのである。

私は昭和十八年一月戦中生まれの戦後育ち、父親は村一番の貧乏暮らしであった。多くの人が「その頃はみんな貧乏だったよ」と言うが、並み外れた筋金入りの極貧だった。その親から生まれた私は先天性弱体で親ゆずりの貧乏に浸っていた。

祖父は徳島県板野郡から転住した開拓農民で、子供が多く食べることが精いっぱいの貧農だった。長男として生まれた父は虚弱で夜泣きが続いたため、祖父母にとっては育て辛かった。下に子供が多いため、一人暮らしの曽祖母が孫なる父を引き取った。曽祖母はお寺の留守番役であったため、父は自然と仏道に感化され、住職不在の間に頼まれてお経を上げるなど代理を務めるようになっていた。祖母から溺愛され、その影響も大きかったようで十五歳で親の元へ帰ったが、折合いが悪かったようだ。

父は、結婚し私の姉が生まれると、大家族の親元を離れて、山手の方の通い土地で農作業を始めた。田畑合わせて八反《はったん》の面積に肥料も入れず、すべて手耕しで何とか食べるだけの零細農だった。その傍ら、僧の資格は無いがお寺で育ち、お経を上げることができたため、地域の人から稀に頼まれて、命日などの勤めに応じていた。そのときの志が生活の支えであった。廃寺となった後の処理や管理を任され、無縁仏の供養に当たっていた。

そんな父のもとで育った私は四男である。上から三人と妹は四歳までに、寒さのためか肺炎で亡くなっている。生き延びたのは十歳ほど離れた姉と私だけ。母は私を大事にしたと聞いている。私は三歳になるまで歩かなかった。虚弱児であったようだが両親も無頓着で、ただ寝かせていたようだ。普通の家なら問題視されていたと思う。小学校へ行く直前は、カスリの着物を着ていた記憶がうっすら、後は覚えがない。母体の栄養不足の影響かも……。

私が一歳半のとき、父が留守中に出火して家が全焼し丸裸になった。小学三年生だった姉が、火の中から私を抱えて救出してくれた。姉は命の恩人である。その後住んでいた家は、地面に穴を掘って丸太を埋めた掘っ建て小屋で、壁も屋根もワラぶき。納屋も続きで、トイレの入口はワラで編んだムシロを下げていた。火事から立ち直れないまま、八年間も住み続けたのだ。

村で母屋がワラぶきは一軒だけで、極貧そのものであった。雨が降ると、あちこちから雨もりがした。洗面器など、いろいろな器で受け位置をずらすと音色が変わり、聴き入っていたものだ。

ポツンと一軒家に非ず〝ポツンと貧乏家〟であったのだ。小学三年生のとき、掘っ建て小屋が大きく傾き危険なため、すぐ横に建て替えた。土台付きで屋根は柾《まさ》ぶきになったが、壁は内も外も土壁。建坪七坪トイレは別にあり、ワラ囲いだった。居間以外は天井が無く屋根裏の垂木や柾ぶきが丸見えで、冬は霜で真っ白になる農家の納屋と全く同じであった。

私の父親は、お金も無いが財布も無かった。必要もなかったのだ。いつもお金が無いことに加え、衣食住すべてに於いて耐乏生活を強いられたら〝極貧〟なのである。

飼っていた猫は寒さでストーブにくっつき、白毛を焦がして黄色くなっていた。居間が寒くなると猫は私たちが寝ている布団の隅を頭で押し上げながら入ってきて、ゴロゴロ喉を鳴らす。抱いて寝ると温かかった。布団はねずみ色の濃いボロ綿で、綿があちこちでダンゴになってしまうため外側の布だけの所がスースーして寒く、そこを避けて寝たものである。

私が北海道を離れてからは、何かと両親の面倒を姉夫婦が見てくれた。義兄は古材を集めて親の家を建て、「北海道のことは俺がやるから、内地でしっかりやれ」と言ってくれた人だった。しかし姉夫婦は若い頃、仕事も住まいも定まらず、苦しい生活を送っていた。父は七十九歳で亡くなったが、墓の建立に丁度のお金を残していたため、義兄と相談して平瀬家の墓を建てた。父は村落で初めて霊柩車に乗せてもらった。これも義兄の特別な計らいであった。

母は無口でおとなしく、人の悪口を言ったことがない。不平不満をこぼしたこともない。人から何を言われても言い返すこともない。痛くて顔をしかめていても痛いと言わない人で、我慢強さは度を越していたのだ。

人並み外れた貧しさにも、このような母だから耐えられたのだと思う。ひらがなしか読めなかったが、毛糸のクツ下やモンペなどを手作りしていた。父が亡くなった後、養護ホームで二十年間お世話になったが、根気の要る手作業が得意であったため、多くの作品が展示されていた。

母は九十二歳で亡くなったが、年金が貯まっていたため姉と分けて、ありがたく仏事に使った。

大雨に宮沢賢治音を上げる

みじめな小学生

昭和二十五年、小学校の入学式は母と一緒に、初めて大勢の中へ行った。私にとって初めての写真は、入学式の集合写真（十六名）だった。無口で感情を表に出さない子供であったと思う。二人机の隣の子とは一度も話したことがなかった。ジャンケンも遊び方も知らず、休み時間は、運動場の隅にボーッと立っていた。女の先生がきて、みんなと仲よく遊びなさいと言われた。学習の合図は小使い（用務員）さんが鳴らす鐘、ノート表面はザラザラの灰色、歌は足踏み式のオルガン、遊戯は手回し蓄音機だった。自分の名は、姉から教わって書けていたと思う。

二年生のとき、女の先生の〝いじめ〟に遭った。赤インクと筆で額に×印を付けられて、廊下に数回立たされた。イヤだから立たないでいると、鼻をつまんで立たされ泣いたことを覚えている。宿題をやってこないからと言っていたが、宿題って何のことか分からなかった。教えてもくれなかったし、分からないことを聞くほど成長していなかったと思う。いま思っても腹立たしく悔しい。

子供の心や成長を察することができない先生は失格ではないのか。人物考査が欠けている制度の問題なのか。このことから教育に関心を持つようになったと思う。公募で市の社会教育委員に三期携わった。文化財保護委員は五期目である。

三年生になると、家の貧しさで、自分のみじめさが分かってきた。勉強用具はカバン代わりの風呂敷に包み、水彩画は塗ると減るから淡白な絵を描くと、クレヨンで描いたのかと言われた。運動会はこの頃になって運動会らしく、白色の装いとなった。運動タビは午前中で親指がペロリ、戦争の影響なのか、粗悪品であった。

その後、二つの学校が統合されて、通っていた学校が遠くなった。冬の吹雪のときは視界が遮られ、吹き溜まりで道が消えてしまう。山の方へ向かって道の見当を付けながら、腰上から胸まで雪に埋もれて雪の中を泳ぐように進もうとするが、手足が凍えて硬直し容易に進めない。涙が流れしゃくり上げながら家に向かう。薄っすらと我が家が見えると、それまでの我慢が弾けて大声で泣いた。駆け付けた父に何度も背負われた。お湯に手を浸け、指の節ぶしの痛さに耐えた。遺影を見ると、父の背にお世話になったことが思い起こされる。通知表には遅刻、欠席が多く、何回も書かれていた記憶がある。

学校での弁当は、ときどき四角の弁当箱の中央に梅干が一個載った日の丸弁当であった。ご飯はあったが〝おかず〟が無い。

「平瀬、今日も豆だ」

煮豆が続いた。梅のような小さな木の実は、何でも塩漬けになった。まさに〝貧しさと寒さに耐えて生き延びた〟、この一語に尽きるのである。一人だけ、ご飯の代わりに潰したジャガイモが弁当箱に詰まっているのを目にした。その子はすぐ炭坑へ転校していった。他校から聞いた話であるが、食事中は教室を出て外にあるブランコに乗っていた子がいたという。どんな大人になったろうかと思う。

四年生頃の終業式の前日に、学生服を買いに母と隣町へ行ったが、みんなと同じようなものは買えず、呉服屋の番頭さんが蔵を探して見つけてきたのをやっと買えた。亜麻生地のザラザラした物資不足時代の服である。この時代は、長子だけは新しい学生服を着るが、二番目はそのお古、三番目はよれよれでくたびれており、新しい物を着たことがないと嘆いた。

国連児童基金（ユニセフ）からの栄養補給で、脱脂粉乳（粉ミルク）を食事どきに飲んでいた。当時はみんな、体に寄生する害虫のシラミが背中などをゴソゴソ這い回り、痒かったものだ。学校で駆除のため白い粉の〝ＤＤＴ散布〟があって、背中やズボンの中、女子は頭髪にも散布した。後に家庭用も市販されていた。

五年生頃は、クラスでもよく話をする方になっていた。小学校での集合写真も写真代を出さないため、手元に二枚しかない。同級生が持っている写真で、当時の自分の顔をしげしげと見た次第である。

当時、我が家の正月は餅とミカンがあれば正月だった。暮れも迫ってミカンも買えないとき、父が仏事の勤めを頼まれ、お志を頂いたお陰でミカンを口にすることができたことを覚えている。無くて当たり前、あって幸せ。

哀れな実姉

姉は、私が小学校に上がる前から家にはいなかった。祖父母や叔父がいる本家から学校へ行っていたが、欠席が多く同じ学年を繰り返し、通学しないで終わったようだ。「いくら貧しいとはいっても、あんたは親の元で育っただけ幸せなんだ」と、大きくなって叔母に言われた。

姉の話では、六つか七つの頃、稀に母親が本家に来たとき一緒に帰りたいと泣いたそうだ。食べ物が無くても母親のそばが一番なのだ。でも、連れて帰らなかった。

夜は自分の布団も無ければ、寝る場所も決まっていない。みんなが寝静まったころに祖母の横で寝たり、叔父の横へこそっと入ったり。寝る頃に泣いていたら「おじのとこで寝れ寝れ」と、祖父と寝たこともあったという。大人の顔色を見ながら、大きくなったようだ。小学二、三年生頃に空腹に耐えられず物乞いをしたという人に、親から離された姉の話をすると「——酷いっ」と言っていた。自分の布団も無い六才か七才の子が今夜はどこで寝られるかと考えるなど、子供が心配することではないと哀れんでいた。

稀に親の所へ帰ってきたが、私は一人っ子で育ったようなもの。姉と一緒に暮らした感じはないといってよい。親せき付き合いもなかったので、姉の下に私がいることを忘れがちであった。村落内の農作業で得たお金で、小学校を出た頃、姉が親に代わって衣服を買ってくれたのを覚えている。

私は時おり、金銭的に親の応援はしていたが、両親に対して直接的に何かと気遣ってきたのは、姉であった。下に弟がいてくれてよかったと思ってもらえるような弟になろうと思い、八年ほど年金の協力をしたこともあった。

姉は六十歳から菊作りを始め、花友会の中で女性は一人だけ、毎年の菊花展で各部門に入賞し、トロフィーを二十本ほど並べたのでビックリした。公共施設の入口に展示されるなど、地域の文化向上に寄与していたが、八十四歳で他界し、私も天涯孤独になった。

姉の子供（姪）は四歳から養父に育てられ、中学卒業と同時に、看護師見習いで病院勤めの傍ら夜間高校に通いながら、実務経験五年で准看護師になり、その後も努力を続け正看護師資格を取得。叔父の私が誉めたい努力家である。生涯を医療一筋に尽くし、今も現役で頑張っている。

母親の年金は、二十年間お世話になった施設から、亡くなった後に通帳と印鑑を受け取り、かなりのまとまった金額が残っていた。姉の要求通りに分けて、問題なく処理をした。

母より二十年前に亡くなった父は、先行きを案じて、生活保護費からタンス預金をしていた六十万円のお金が見つかったと義兄から聞き、母の年金をプラスして墓を購入した。仏壇仏具で二十万弱の金額を義兄が出してくれた余裕に驚きつつ、ありがたかった。

姉とは姉妹のようにしていた従姉宅へ遊びに行ったときの思い出話によると、六十万円は頭を取った半端なお金だという。石けん箱に詰めてあった意外な金額に、ビックリしたと言っていた。「弟はお金を残しているからいいんだ」と言っていたという。姉の葬式代になったと思うが、貧しい環境の姉弟であっても、お金に関しては欲が絡み無口になると知り、情けなく思った。お世話になった親のお金だから、私はそれなりの度量は持っているつもりだ。しかし姉は、何も言わずにあの世へ去った。

夢も持てず二十歳

中学校に入ったとき、教科書は学校から、私だけ無償で支給された。二年生の通知表は評価一から五まであった。五は国語で一は体育。ヒザ関節が痛いので、体育の時間はみんなの運動をただ見ていたのである。生まれつき足は弱いと思う。長い道を歩くと、今でも足が重苦しくなる。

三年生の男子は木工があったが、その用具が買えず、級友が使わない合間に借りて椅子を作った。その級友には今でもお世話になっている。ありがたいことだ。修学旅行も当然なように行っていない。中学校を卒業したが夢も希望も持たず、何をするでもなく親の元にいた。高校へ行きたかったが、親を手伝いながら悪い仲間と遊んでいた。

叔父の家で豚飼いをしていたら、本家の義叔母に「いい若いもんが、こんな所で豚飼いをしていてどうなるっ」と強く言われた。もっともなことだ。成り行き任せで何も考えていないときであり、自立心に欠けていたと思う。

炭坑の離職対策で職業訓練所の自動車整備の分室ができて、何となく応募した。三人に一人の合格の嬉しさで入所したが、つなぎの服を着て常に油まみれで、大型機械に興味がなく、途中で辞めた。気づくと、周りに遊んでいるような若者はいなくなっていた。自分も手に職をつけようと思い始め、足が弱いので時計修理の仕事を考えていたとき、運よく札幌の時計屋の知り合いがいるという高齢のおばさんを知ることになり、札幌まで連れていってもらいそこへ住み込むことになった。夜具一式など面倒を見てもらい、助けてもらったのである。十九歳の終わりになって、漸くランプ生活の田舎から離れることになった。村中の全部の家にテレビがある頃になっても、我が家には電灯も点らなかったのだ。家から百メートルの隣まで、電気はきていたけれど……。

片恋の線路は消えた郷の町

時計屋へ住み込む

初めて田舎を離れ、赤の他人の家に住み込み、時計修理を覚えることになった。親方は俺一人で間に合っていると言って他の店を紹介されたが、戻って再度お願いした。私の事情も汲んで頂き、給料は出せないが、それでよければ仕事はしっかり教えるとのこと。二十歳近くであり他の人より大きく出遅れているため、手に職をつけることが先決。技術がお金になると考えた。素朴さが奥さんにもよかったようで、お世話になることに決めた。三年間の無給生活の始まりであった。

親は余所ゆきの服が無いから挨拶に一度も来たことはなく、貧乏人の最たるものだ。田舎から急に街の生活に入り、何事も一からの勉強だった。入店した次の日、ネジ巻き柱時計機械の側面の図を書かされ、動力の流れの仕組みを覚えた。すぐに時計を触らせる店は無いと聞いていたので、ありがたいと思った。お客や電話の応対、問屋の使いなど基本的なことを教わる。親方が丁稚《でっち》小僧の頃は、子守りまでさせられた話をしていた。

下着の洗濯を生まれて初めてやったら、おばあちゃんが再度洗い直していた。それからはパンツ以外は洗ってもらった。私の襟をめくって「お兄ちゃん、汚れているから脱ぎなさい」と促された。入って四ヶ月目で正月、雑煮の餅は何個食べるかと聞かれたが、余分に食べることはできないと思った。お米を生産する田舎と、消費する街との違いなのだ。正月に満二十歳になったとき、上等な背広を買ってもらった。背広を着るのは初めてだったので、写真店で記念に写真を撮ってもらった。

日頃の言葉づかいは奥さんからの教育。

「知らなかったではなく、分からなかったと言いなさい」「旨かったではなく、美味しかったと言いなさい」

何かで田舎へ行って時計屋へ帰ったとき、隣の歯医者の奥さんが遊びに来ていた。「ただいまー」と言ったのに、後からしっかり怒られた。一年後ぐらいに全く偶然に同じ場面になった。今度は手をついて「ただいま帰りました」と挨拶。歯医者の奥さんが「お宅の若衆も、ずいぶん立派になりましたねー」と言うと、時計屋の奥さんは「ええ、お陰様で」と笑顔を見せていた。このときの嬉しそうな顔を見て、自分の家の若者を人様から誉められることが、すごく嬉しいことなんだと初めて知った。銭湯は半月に一回ほど行った。当時は風呂銭が二十一円で、十円玉二枚と一円玉一枚を奥さんが金庫から渡してくれる。

硬貨一枚転がしても失くしたら戻ってくるようだ。あるとき、電車を乗り継ぐ使いを頼まれたことがあった。ところが、渡された電車賃の四分の一が足りない。渡されたとき確認しなかったため、仕方なく帰りの電車道の半分は徒歩。帰りがかなり遅くなり閉店近くであったが、何も言われなかった。私も何も言わなかった。

入店して一年後ぐらいに、腕時計の分解と組立の練習用に、使えなくなった時計を親方が私にあてがってくれた。二年ぐらい経った頃は曲りなりにも、腕時計の修理ができていた。あるとき親方の知人宅へ集金に行ってこいと言われて出向いた。

「時計屋さん、お茶を一杯飲んでゆきなさい。田舎はどこ？」

ついつい喋ったのがまずかった。後で気づいたがこれは演出であったはず。このとき洩らした不満が親方の耳に入ったのは確かなはずだ。

夕食中に「いるのが嫌なら帰っていいぞ。お前の親から頼まれたわけではない」と言われてしまった。「明日帰る」と言ったら「布団は明日チッキで送ってやる」と言われた。今晩一晩寝たらここは終わり。次の日の朝、下着類をビニール製のケースに詰めていたら、おばあちゃんが来て「お兄ちゃん待ってくれ。うちの子も悪い気持ちではないから。お兄ちゃん頼むから、いてくれないか」と私の手を握りながら言うので、手を振り解くことはできなかった。そこへ奥さんが来て「ほんとうは私もいてほしい」と言うので、帰り仕度を止めることにした。親方が書いた店員募集の貼り紙を、奥さんがはがしに行った。東京で飯炊きなど下働きを続けた。おばあちゃんがいてくれたお陰で、私は三年間お世話になることができたのだ。今ある人生の土台になっていると思う。

自主性が芽ばえ巣立つことができるまでに、みんなが私を育ててくれた。腕に自信も付きお金に対する欲も出てきた。三年間自分でもよく続いたものだと思った。他人と比べることなく、全国どこでも行ける職人になるための、技術の習熟一点に集中できたのである。時計修理技術者を優遇していた南米ブラジルへ渡ろうか、そんな野望も生まれたものだ。

後述するが、自衛隊を辞めたときは戻ってくるように言われ、給料も出すとのことで再び時計修理の道に入った。戻ってみて分かったことだが、親方は家から職人として出してやると言い、奥さんは店を継いでほしいと言う。二人の意向が違っていたのだ。時計は修理して使うより、使い捨ての時代に変わりつつあり、職人として生きるにも不安があった。店を受け継ぐことは養子になるようなもので、責任の重さに耐えられないと思った。

自衛隊に入って時計修理をやるため、お世話になった時計屋を辞めると決めた。重苦しい雰囲気の中で、みんなに了解してもらった。

まさかの自衛隊へ

時計職人として働ける店を自分でも探そうと思い、職安へのぞきに行ったとき、自衛隊の勧誘に声をかけられ、自衛隊にも時計修理があると聞いて大きく心が揺れた。足が弱いことや特異な職場を軽く見て、好きな仕事でお金がもらえることに負けたのだった。

務まる自信はなかったが、教育隊の前期後期を何とか終えて、原隊へ。私は武器職種で車の整備隊員になった。しかし、つなぎの服を着ての作業や油の匂いには馴染めなかった。時計修理とは天と地の差であった。

入って間もないが辞めようと思い、順序に外れた行動ではあったが、直に中隊長室をノックした。

「自衛隊を辞めてどこへ行くのか」

「時計修理に戻ります」

辞めたときは戻ってくるように言われていたのだ。

「君はそういうことができるのか。それなら自衛隊の中の精密機器で、光測器材の修理の方へ回してやるが、やる気あるか？」

「あります」

再び教育を受けて、業務班長を入れて四人の班に入った。今までいた一人を移動させて私を入れてくれたのだった。

入隊して一年経つと、殆どの人が精勤章を一本付与されて、制服の袖口に白い線が入る。同じ中隊に配属された十人のうち七人が付与され、残り三人はもらえなかった。その中の一人が私だ。後の二人は服務規律の悪い方であった。このときの精神的ダメージでしばらく精彩を欠いていたが、半年後に私も付与されみんなと同じになった。その後続けて付与され二本になった。最初に一本付与された人より多くなった。人間、人より遅れても、腐ってはダメだと思い知った。

小隊長が修理室へ来て「平瀬、目覚し時計が壊れている。直せるか？」と聞かれた。後日、新聞紙にくるんだ時計をカバンから出して、「余裕のあるとき頼む」と言われた。修理工具は若干持っていたので役に立った。直した時計の調子がよかったらしく、官舎の中から壊れた時計を持ってくるようになった。私が一人のとき「平瀬、車の免許欲しくないか」と聞かれ、一ヶ月間の車の訓練命令がでたので、同期の中では早くに免許を取得した。

各部隊で多く使われているストップウォッチの故障も、各自衛隊から私がいた器具班に入ってきた。自衛隊内では修理できないため、町の時計屋さんに依頼していたのだ。私が見て直して「修理完了です」と言うと、業務班長が半信半疑で「これほんとうに大丈夫か?」と言いながらも、完了で処理していた。「いいヤツが入ってきた」とも言われた。私は稼業中に双眼鏡などの整備は殆どしないで、時計修理を公然としていたときもあった。

班長は気さくな人で私がタバコが無いと分かれば、俺のを吸えと言ってサッと出し、「おっ、休憩だ。お茶飲め」と言って自らみんなのお茶をいれる人であった。

元々足が弱く朝の点呼の後の駆け足が一番苦手だった。今日は足が痛い、体調が悪いと言って休んだこともある。駆け足をすると、半日ボーッとなるのだ。上半身裸になって先頭を走る隊長が、列の中から私を見つけると「平瀬、列外っ」と言う。列から抜けて、走らなくてよいのだ。規律を重んじる中にあって特別な過ごし方をしていたと思う。結局は自衛隊に性格も合わず、階級も上がりそうもなかったため、二年八ヶ月で退職し、再び札幌の時計屋に戻ったのである。そのとき班長から「平瀬、困ったことがあったら、俺んとこへ来いや」と言われていた。それがほんとうに困って四年後に再会し、助けてもらったのだった。

自衛隊は、誰でも一度は体験してみると大いに勉強になると私は思う。集団生活の中で、男でも針仕事や洗濯など、当たり前のことではあるが、自分のことはすべて自分で行う。誰もやってくれない。生きてゆく基本的な事柄を、身に付けるところでもあるのだ。

触診の痛み和らぐ手の温み

就職で青函連絡船へ

昭和四十二年十月、日本中どこへ行っても、勤め先を言えば誰でも分かる大きな企業へ行くと決めて、青函連絡船に初めて乗った。心機一転の心意気で乗った。文無しでビニールケース一つ、これが〝私の原点〟である。何があっても何かを失っても、この原点に戻れば、元だと自分に言い聞かせてきた。北海道内では親の影が見え隠れするため、何とかなると思って遠くへ離れることにしたのである。

神奈川県の川崎駅ホームから直通の、工場への専用口を見つけたが夕方六時を過ぎていたため、その日は近くの旅館に泊ることにした。部屋の入口にスリッパを二足置いて下さいと言われ、その意味は分からなかったが……。

身の振り方の不安があったとき、大手電気メーカーが北海道で募集を出していた。履歴書を持って面接へ行き、半月後に臨時採用の通知を受けた。時計に縁を切る決心をした。この三年間は、今ある人生の土台になっていると、強く感じている。二十四歳で海を渡ったのだ。笑われたっていい、恥かいたっていい。どうせ貧乏人だ、俺はやる。

合格へ無神論者の鈴が鳴る

父母を支えた義兄

私が二十四才の終わりに北海道を離れた後、一人息子に代わって義兄に両親の面倒を見てもらった。

「北海道のことは俺がやる。ただしできないときは頼む。死んだときの葬式はやれよ」

それから十四年後に父が亡くなり、やっと貯めたお金をそっくり出して、お寺で葬式を行った。

義兄が「爺に院号を付けてやるべ。若いんだから働けば何とかなる」と言ったので、生前にもらったお寺での名前を院号に頂いた。仏具店では、「仏壇は俺が買ってやるから、これで祀れ」と、栃木県へ送ってくれた。口は荒いが人情の厚い人だった。

天井の無い土壁の家が大きく傾いて、義兄が古材を見つけて少しずつ運んで家を建ててくれたり、脳軟化症の父を病院に入れたりなど、親身に尽くしてもらった。村落内で地続きの隣の家で、畑を耕してもらったり、徘徊で世話になったり、周りから数知れない情けを頂いたお陰で今日の私がある。

父亡き後、母は施設に入ることになり、肩身の狭い思いはさせまいと、義兄はテレビを持たせたが使い方が分からなかったようだ。母は二十年間お世話になり、平坦な生活ばかりではなかったようであるが、姉が毎月二回ほど足を運び、親思いの姪は子供（曽孫）を連れて帰郷のたびに施設に顔を出していたので、母は慰めになったと思う。

母から態度で教えられた教訓は〝先ずは耐えること〟である。父には服従し、人に何と言われても絶対に言い返さない。痛くて顔をしかめていても、痛いとは言わないで我慢する「忍の一字」であった。周りの人がそれを知ったとき、みんなに同情されたと姉が話していた。

母から息子のように慕われていた義兄が、母より二年早く亡くなった。そのことを伝えたとき、母は何も言わず涙を流したという。

姉夫婦の大きな力添えがあって、私は遠く離れて働くことができた。〝ありがとう〟の一言に尽きるのである。

誰でも知る大企業へ（昭和四十三年〜平成十年）

独身寮へ

会社へ顔を出すと、間もなく寮へ案内された。南武線の武蔵中原にあり、交代勤務者用の木造で、六畳と四畳半に流しが付いた借用であった。すでに三人が入っているところへ私ともう一人で、五人が詰め込まれた。次の日、寮からの出社初日は寮長と一緒だった。

五時で退社してからの帰りは自分一人。見る景色が逆で戸惑い、朝歩いた細く曲った道は近道であったにもかかわらず道に迷って歩き続け、隣駅の近くまで歩いた。尋ねた人に「お宅どこから来たの。今来た道をどこまでも戻って」と驚かれた。寮に着いたのは八時過ぎであった。

全員揃うと、布団と布団の裾が重なる。夜中に暑くて足で飛ばし、朝方は寒くて隣の布団を引き寄せる。布団を取られた人がキョロキョロ探すと、自分の布団で隣がいい気持ちになって寝ている、こんな有様だった。八年後には時代の流れで、独身貴族といわれ一人部屋にクーラー付きとなり、比べようもない程の差になったのであった。

寮での食事は自分持ちで、インスタントのラーメン鍋はみんなが持っていた。お金の無いときは食パンにジャムを塗って、コーラを飲みながらの簡素な食事も当たり前。風呂は銭湯へ、洗濯はプレハブ小屋で、脱水はローラー二個に挟む手回し式だった。

私と仲よくしていた同室の十九歳が、週刊雑誌の文通欄に応募した。全国の女性から百十余通の手紙が届いた。同じ地域の人がいたり、写真が入っていたり、必ず返事を求めて返信用切手が入っていたり、それぞれの個性が見えて面白いと思った。私には全部見せてくれた。十九歳は男前で、近くの女性と楽しく過ごしていた。私にも文通をやってみないかという。ミーチャン、ハーチャンみたいと思ったが、退屈なので暇に任せて三人に手紙を出し、写真を交換した名古屋の女性に逢いに行こうかと思ったほどだった。その中の一人で、同じ北海道出身で東京の三鷹にいた四歳下の女性と、一年後に結婚した。同室五人の中で四人が同年齢で、女性に縁がない私が一番早かった。

この寮は他の寮と統合のため、一年後に引越しをした。ダンボールなどが配布され、みんな自分の荷をまとめた。荷造り不要な人は私も含めて何人かいた。当日の朝は引越しの車が来るまで寝ていて、布団をくるっと丸めて肩に担いで「どの車だー」と、いつでも夜逃げができそうな態勢の人が、三人ほどいたものだ。

地理が殆ど分からないから、休みは何となく部屋でゴロゴロ。一年ぐらい経った頃に、川崎市内にあるストリップ劇場をのぞいてみた。
会社と寮の道のり以外の、川崎市の街を全く知らなかったのだ。

大手電気メーカーで臨時工

作業場を見て、汗かきで熱さが苦手な私が、熱処理（水素焼き）の仕事に戸惑っていた。臨時工として三交替勤務要員の補充、人がやるのだから、やれないことはないと思いつつも不安であった。

昼休みは組長と一緒に食堂へ行き、五日分の食券を頂き大助かり。ありがたかった。臨時工（今は準社員）は従業員証、タイムカード、名札などすべてが目立つオレンジ色（正社員は緑色）だった。

入社して一ヶ月、十一月末になるとみんながコートを着て通勤するが、お金が無くて買えない。コートを着ないで電車に乗っていたのは私だけだったと思う。みじめそのものだ。当時まだあった生協に、裏地の無い安い値段のコートが一着展示されていた。有り金ギリギリで買ったときの嬉しさは格別。これでみんなと同じ格好で通える。胸張って通える。

あるとき着替えロッカーで「あれはレインコートだ」と誰かが言っているのを耳にした。どうりで少し光っていると思っていたが……、こうなったら恥も外聞もないと開き直った。

身なりでお金をもらうのではない、仕事でお金をもらうのだ。その後は意地になって四年間も着用した。これが貧乏人の底意地だ。

臨時工六ヶ月で本採用になり、大手企業の正社員になった。北海道から来て、やっと身分がはっきりして一段落した。オレンジ色のものはグリーンに変わり、中卒で途中入社の二十五歳で最下位の社員三級（私だけだと思う）の給料は、年齢より四つか五つ下の者と同じ二万六千五百円であった。

入社して二年、提案個人努力賞を二回もらった。年間に上級提案五件以上で表彰されるのである。「後一件頑張れ。工場長から表彰されるから」と言われて、通勤の電車の中でも仕事上の技術的な改善策を考えていたことがあった。

百の世へ登る途中の足を揉む

世帯持ちになった

昭和四十四年、川崎市宮内に六畳一間を借りた。家内は東京の三鷹から荷を運んだ。お互いの持ち物を持ち寄っただけの家財である。一つだけ小さな冷蔵庫を買ったら、貯金がゼロになった。六十センチ×四十センチの折たたみテーブルで、三年間食事をした。

一年ほど暮らして会社の家族寮に入った。壁は砂壁で柱は黒光りで傾き、解体寸前が延び延びになっていた所だ。六畳一間六百円で、給水場とトイレは共用、アパート代の八千円節約のために……。一年ほど暮らして、借金して相模原市の建売に移った。独身寮で文通をしていた友が、家族寮から後を追うように、一年後に同じ地区に越してきた。私たちが栃木県へ行ってから離婚したと聞き、家内と二人で驚いたことだった。

私の甥っ子が、北海道から季節労働者で働きに来て、仕事途中で帰ることになったが、お金が無いから貸してほしいと、会社まで来たのだ。いつも手ぶらの家内の甥っ子が物を買ってきた。そのとき貸したお金はそれっきり。私たちは不幸があっても、電車賃が無くて北海道へ帰れないこともあった。困ってもお金の相談をできる人がいない。すべてが無い無いづくしであったから、困って立ち寄る所がある人は、幸せ者だと思う。

小さな家で貧乏であっても、頼ってくる人のためになっていると思えば、自分たちの存在を感じることができるものだ。一軒家に住むと、北海道から来て立ち寄った人も四組いた。

貧乏人が建売を買う

私は目標を立てて綿密に進めることが苦手で、長続きはしない。目標倒れは心の弱さに気落ちしてしまう。ある日突然思い立ったが吉日、出逢いが生き様を変えてゆく。それがロマンでもあるのだ。

極端に安い新聞広告の中古物件を目当てに不動産屋をのぞいた。大雨が降ったら水が溜まるとの話で、客寄せである。ここで会社名や給料を聞いて私に勧めたのが、相模原市上溝、住居表示で緑が丘である。「ここは絶対に、将来大きく拓ける所。私を信じて下さい」と言われて素直に信じて、現地も見ないでその場で契約を交わした。昭和四十六年夏のことである。

家内には、六畳間を転々とするから大きな物は買うなと言ってきた人間が、突然今日は不動産屋へ行って建売を契約してきた。「ほれっ」。こんな調子で、物事に直面してよかれと思ったら、相談もせずにすぐ行動に移す方である。その場その場の場当たり方式である。その後は大変。頭金が無い。保証人はいない。今思えば、二十七歳だからできたことだ。

二日後に現地を見に行って驚いた。バス停から防風林を抜け私の背丈ほどのススキ一帯の中を進み、車二、三台通ったような、雨が降ったら長靴が必要なデコボコの悪路の三百メートルほど奥に、基礎工事だけの空間があった。

一区画二十五坪に私道含み実質十九・五坪の土地に、十一坪の家で三百七十万円、これがほんとうの猫の額である。

体一つの自分に財産が欲しくて着手したが、大変なエネルギーを要した。自己資金が無いため生活の内容が急変した。朝の乳酸菌飲料は止める。新聞も止める。お金のかかることはすべて止めて気を引き締めた。止めて残るとは限らないが心構えがそうさせた。自衛隊で貯めた二十万円を戻してもらうなど、お金の捻出が苦しかった。まだもらっていない給料まで計算に入れた。

勤める会社は勤続が浅く給料も安くダメだった。融資は無理。家は早過ぎたか。不動産屋の紹介で家内と二人で面談をした某銀行は、年収が百万円に満たないため貸付け対象外。しかし勤務先が東芝であり、給料も上がってゆくだろうし、奥さんも頑張るということだから、特別にＯＫということになった。金利の高い信販会社でなくてよかったが、この後が大きな峠だった。一か八かで臨んだのである。

連帯保証人の一人は関東一円に居住していることとあるが、誰もいない。相談相手も友達もいない。自分には無理なことで、持ち家はやっぱりダメだったか。ここで自衛隊当時の上司を思い出して、元いた隊へ問い合わせると、相保証で自衛隊を中途退職し、今は東京にいるとのことで、住所を教えてもらった。

訪ねたときは「よくここが分かったなー」と驚かれた。外での立ち話で、家を買う保証の話などして帰ってきた。家内と二人で再訪して入った部屋は、三ヶ月後に床が落下したという古さであった。これからは絶対に人の保証はしないようにと、奥さんに強く言われていたが、そこへ私が保証のお願いに行ったわけである。

「平瀬は昔、俺と同じ仕事をした仲間で……」と、他人の保証で中途退職し途方に暮れた傷心の奥さんに、説得してくれたのだ。奥さんにOKして頂いたお陰で、家を持つことができたのである。丁度三ヶ月前から、元上司は大手会社の警備員になり、給与証明がギリギリ手にできたという運のよさが私にあった。大きな借金を背負って、小さな新築の我が家に入った。家内もよく協力してくれた。内地に渡って四年目のことだった。

もし二ヶ月も支払いが滞ったら、恥も外聞もなく家を売って整理しようと腹を決めていた。北海道から出てきたときのカバン一つの姿になって、原点に戻ればよいと元々思っていたが、幸い病気もせず北海道へ帰ることもなく無事に乗り切ることができた。

私は、常に最悪の状況を想定して複案を持つのは、貧乏人の習性だと思う。場当たり式とはいえ安全策も考えて進んではいたと思う。目標や計画を持たない生き方がよいとは思わないが、情熱とロマンに負けるのである。何事も、貧しさゆえに飾りようもないから本音丸出しで体当たり。この若さはいつまでも失いたくないものだが……。人の情けを数々受けて、今の人生があると思っている。

住んでいた緑が丘は三年ぐらいの間に目を見張るような発展で、不動産屋の言う通りになった。目の前に小学校ができ、文房具屋や自転車屋までできた。地元の人が、借金してでも買っておけばよかったと悔いていた。工場移転に伴って会社の査定で売りに出し、七年間住んで栃木県に転住した。

再入社で栃木県へ

相模原市に転居し建売住居に住んで半年足らず、借金を背負って五年勤めた会社を退職した。自転車で単線の横浜線の淵野辺駅（相模原駅の二つ手前）まで行き、そこから、東神奈川で乗り換えて川崎駅まで。三交替の昼勤は朝七時ギリギリで会社へ。電車の中で夜を明かしていた。人間関係も悪かった。

次の仕事が見つからず四十日過ぎた頃、同じ会社の別工場の募集広告を見て、常昼勤めであり通勤も全く問題なしのため面接へ。直属の工場を辞めてすぐのため、非常に驚かれた。再度試用期間の準社員から始めることになった。勤労課は、前の工場で出した履歴書まで取り寄せていた。直属の工場を退職した者は、原則として再雇用はしないことになっているると知らされた。

前の工場では半導体の製作で、白衣を着ていたが、今度は大型の医用機器の組立で天井クレーンが走行しており、各自のヘルメットがあった。天と地程違う環境なのだ。勤まる所ではないと思った。班長は二十七歳で他は二十〜二十四歳の若者ばかりの中へ、私は三十歳で飛び込んだのだ。最初はクレーンの操作ボタンを触れるのも恐かった。電気ドリルで鉄に穴を開けたりネジを切ったりなど、年下の先輩に教わった。班長から呼び捨てにされなかったのは私だけであった。

職業訓練所や自衛隊でも、車の整備が嫌で辞めた男が、ほぼ似たような職場に来たから、いつ次の職探しになるかと思いながら通っていた。しかし、人間関係も馴れ親しんで仕事も覚え、二年経ったぐらいのときには、仕事の早さでは誰にも負けないという思い上がりが出ていたと思う。

三ヶ月後に医用機器の組立配線工として、社員一級で登用（前の工場では二級）。入社二年で格付けは主事補。同じ年の昭和五十年に、工場が川崎市から栃木県の那須地方に移転し、東芝那須工場になった。

相模原の建売を売却し、その代金の範囲で那須地方に家を建てたら、社内で一番小さい家になった。会社で一番小さい家を訪ねてきたら、我が家ですと言ったものだ。他の人とは反対に、家より土地に重きを置いて、家庭菜園ができるように広めの百坪。家は十五・七五坪の平家。建売を買ったときの利息にあきれたので、借金は持たないことにした。

原付バイクで、夏も冬も二十年間通勤したのは私だけだ。みんなが、車の免許を取って車で通ったらと言ってくれたが、意地になっていた。実は自衛隊で、昭和四十一年に大型免許を取得していたが、電車通勤が続くと思い、あまり必要を感じなく流してしまったのだ。

家内は車でパートに出ていたが、私は北海道へ帰るのも、どこへ行くにもバイクだった。休日は殆ど家におらず、気の向くまま当てもなく、栃木県内から茨城県の海までもぶらり。家内は人が来ても行き先が言えない。本人も行き先が決まっていないのだから。いろいろな過ごし方をしてきたけれど、無駄に思えるものは何もない。人生の中のどこかで活きていたと思う。お陰で原点に戻ることなく、曲りなりにも、内地で三十年間頑張ることができて幸せに感じている。

仕事上の〝苦い思い〟は、組立中の寝台付き大型レントゲンを、天井クレーンの操作ミスで床に引き倒し破損してしまったこと。次の日は会社を休んでしまった。

一ヶ月の給料で三ヶ月生きることに挑戦した者が、独身寮にいた。三年ぐらい死んだつもりでお金を貯めるらしい。栃木県の田舎へ来たことが功を奏していると思う。私も質素であったが、世の中は上手がいるものだ。そんな時期があってもよいとは思うが、長く続けることではない。誰も寄り付かなくなる。

社内預金の利息六分、天引きで三百万円貯めて、その利息で車検をやったり学用品を買ったり、人は心がけ次第だと思ったものだ。

貧乏人たるもの、常に自ら進んで生活レベルを下げることが、自助努力だと思う。

我が道を足裏見せて半生紀

ツーリング

行き先の当てがない風来坊の行動ができるのは、自分の家があって家内がいるという安心感と自分本位な思考によるものである。

昭和六十一年、四十三歳で自動二輪小型免許を取って、日本最北端の碑の中に立って記念写真を撮る目的で、栃木県北部から帰郷を兼ねて出発した。百二十五ＣＣのバイク、八戸からはフェリーに乗り、走行距離二千キロ。北海道へは四回走っている。

一度仙台を過ぎて青森でフェリーに乗ったときには、山の中の道路脇に簡易テントを張り、野宿を試した。物音一つしない暗闇の自然の大地に、自分一人がいる自然の偉大さを感じた。動物がヤブを走ったのか、ガサッという音に神経が張りつめる。蒸し暑く蚊が入ってきて寝るどころではない。夜中にテントをたたんで走ったものだ。

函館の駅でホームレスのように寝てみた。人がバタバタ歩くためホコリが立ち上がっていて、顔や体が汚れてびっくりした。ツーリングは野性的で外気に直接さらすため、暑さ寒さの体温調整を心がけた。何があるか分からない文無し帰郷は、体力と自然との戦いだ。

東京上野駅前でパンクし、途方に暮れた。バイクを売る所は数あっても、パンクを修理する所が無い。探し回っていると修理してくれる店を見つけたが、主人が今留守だという。私がやってみようかと言って奥さんが始めた。パンクして乗り回したため何ヶ所も穴があるのを修理してくれて、やっとホッとした。嬉しかった。その日は上野駅で寝て、翌日またパンク。昨日、完全に直っていなかったのだ。昨日の店の場所はもう分からない。別の店で再度直して帰ってきた。

南の方へは神奈川県の小田原まで行き、一緒に働いていた友がいて一晩お世話になった。車が渋滞した左側をスリ抜けようと走ったとき、渋滞の列に右折のため停止していた車に気づいたが、間に合わず転倒。バイクのバンパーがちぎれ、アクセルは強打で使用困難に。相手は中古車販売の業者で、車はアメリカ車と聞いて驚いた。車のバンパーの塗装をはがしてしまった。グラスファイバーの破損が無くてホッとしていた。これでは栃木までは帰れないだろうと言われて、バイク修理屋へ連れていってくれた。ほんとうにありがたいと思った。車の修理代四万円余に親切代を入れて送った。

目標を持たないことは行動に無理がない。ここまでやらなければという抑圧もなく無駄な疲れもない。無理をすればそのシワ寄せが出てくる。常に余力を持つことが賢明だと、ツーリングで教えられた。

落葉舞う森を育てた自負に舞う

別荘地に勉強部屋

別荘を持ったと聞くと、お金持ちが優雅に過ごすと思いがち。ところが貧乏人でも別荘らしきものが、情熱と心がけで持てたのである。栃木県北部那須の、御用邸など別荘の多い所だ。私は原付バイクで当てもなく、別荘を見るのが好きで夢とロマンに耽っていた。ゴルフ場のような整備された所は手も足も出ない。貧乏人であるから、それに似合ったものであることは当然である。

私が見つけて買った山林の話をしようと思う。昭和六十年、栃木県黒磯市箭坪の貸別荘もある平坦地で、農家の人が別荘業者に売ったとき、三百坪弱の三角形の土地が残っていた。交渉して百坪だけ分けてもらうことになった。陽の光がまともに入らないほど繁った林で、休みの毎に行って「この木は残そう、この木は切ろう」と私が切り拓いて明かりを入れた。

三年間、展示されていた六畳に、上り段と押し入れ付きのプレハブを解体して現地に建て二十万円かかった。電気を引いてテレビをつけ、押し入れに夜具も揃えた。トイレは便槽を買って自分で埋め、小屋も造った。今までに貯めた二百万円ほどのお金を全部使ってしまった。普通には買えない。その分、自分の労力で補う必要があるのである。汗したお陰で、休日には別荘地内で自然に浸り、のんびりとした幸せを感じたものだ。

入口には〝○平山荘〟の門標を、トーチランプ、彫刻刀、銀エナメルで手作りして掲げた。

九年が過ぎ、予定していた早期退職も近づき北海道へ帰ると決めて、後髪ひかれる思いで人手に渡した。買ったときの二倍半の値で売り、それを自己資金にして北海道に新築のマンションを買い引越して、一年足らずで売った。壁に欠陥があったのだ。

那須の住宅は、家内が居座り別居した。

働く人生は終わって、遊ぶ人生の始まりである。

バス停が錆びて傾きあくびする

作詞作曲　テープ化

昭和三十五年、十八歳の歌手がデビューしたとき、作詞者の歳が親子ほど離れていた。私はもっと若い人も歌詞を作れないかと思い、関心を持つようになった。自分にも書けると思い、マネごとを始めることになったのである。

友人から屋根裏でススけて、胴が破損したギターをもらった。板に弦を張ったようなもので初歩を覚え、そのとき浮かんだメロディの音符が、三十年後の曲作りに役立ったのである。運動が不得意であり、貧しさが起因したのか、ときどき詩を書いていた。二十五歳頃、サトウハチロー主宰の同人誌に佳作として、名前だけ小さな活字になったのである。

一緒に仕事をした職場の歌好きな相手に、若いときに書いた詞と、それに曲を付けたものがある。人生の記念にカラオケテープを作ってみたいと話したら、期待して待っていると言われ、本格的に取り組んだ。

『霧のブールバール』（フランス語で並木通り）。編曲者とのやり取りをして三ヶ月、デモテープが出来上がったとき、自分の書いたオタマじゃくしが音楽になった。自分の手で一つの歌を生み出した喜びと聴いたときの感動は、バラ色だった。新聞記者の取材も、写真と共に記事になることも初めてで、身の周りが忙しくなった。工場内でも珍しい、職場の仲間が集っての発表会。栃木放送でも流れ、カラオケ大会でも歌うなど大きな反響だった。一曲のカセットテープの力を知ることになった。

「第二弾はいつ出るのか」「不倫の歌を作れ」などなど、作詞作曲で十曲ほど作った頃に、「歌を作る人間は生まれ故郷の歌を作らなけりゃ」と言われ、私もハッとした。

『三笠恋唄』をテープ化すると、北海道三笠市の応援歌に指定され、市の催しに流すとのこと。広報に詞と共に紹介された。新聞も二紙で紹介。一紙には依頼を受けて写真を送った。帰郷したときには市長より記念品を頂き、帰りは課長が門まで見送りにきた。歌の力を改めて感じたときであった。

疎遠であった竹馬の友から、新聞記事が入った手紙が届いた。歌を作ってよかったとしみじみ思ったものだ。

音楽創作に親しんだことで、貧乏人の心を癒やす大きな感動が得られたのであった。

メジャーのレーベルで『裏町情歌』『女の潮路』などのテープを出し、一時期は著名な団体に加入していたが、経済的な理由と力不足を感じて遠ざかってしまった。

自分には無理だと思っても、情熱を持って本音で体当たりして、道が開けることもあるのだ。〝夢と感動〟をありがとう。

通信カラオケ参入

カラオケの先生が「平瀬の歌はカラオケで歌える歌が無い。演歌が無い。演歌は作れないんじゃないか」と陰で言っていると歌好きの友が教えてくれたとき、ムッときた。よくぞ言ってくれた。一遍、これが平瀬の演歌だという演歌をぶつけてやると発奮した。

それから一年後に本格演歌の『宿り木情話』のテープとCDができた。関西方面で活躍の歌い手、大林幸二君が、京都府立文化芸術会館で『宿り木情話』発売記念コンサートを催し、私も京都まで招待された。

その後間もなくレコード会社から、大阪有線へ楽曲使用許諾書を送るように言われ、半信半疑であったが、一ヶ月後に『宿り木情話』が有線の通信カラオケに参入し、全国のカラオケＢＯＸで歌えるようになったのである。

平成九年一月の配信当日は会社を休んで、家内とカラオケＢＯＸへ確認に行ったものだ。映像が出たとき、題名と共に作詞・作曲で私の名前。その当事者が今ここにいる、大きな感動であった。これまでの活動が、一挙に報われた気持ちになったものである。

これはあの陰口のお陰であり、「ありがとう」と言いたい。逆に誉められていたら、この世に無かった歌かもしれない。

カラオケの先生とはしっかり仲よくなり、遊びに行き来するほどになった。

陰口は関心のある証と捉え、奮起すればよい。

体一つで物事に立ち向かうには、情熱と勇気、これが一番大事。私が体当たりした実感である。

開き直りの貧乏人（平成十一年～現在まで）

一人の貧乏暮らし

北海道で築十年の中古の住宅に、妻と住んで九年目、同じ市内に中古の家を買って、妻と別居し、一人暮らしを始めた六十五歳。泥炭地の土地百坪、築三十四年で、すでに少し傾いている。屋根のトタンは赤く錆びていた。冬場は隙間風で寒々しく、暖かいのは居間だけ。他の部屋はしんしんと冷える。貧乏生活が身に沁み付いて、生活レベルの向上や高価な物には、お金を使う気になれない人間になっていたように思う。

中古の家に設置のLPガスボンベを、何度も言って撤去させた。定期の補充は高くつくため使用を止めたのだ。代わりにカセットボンベを使った。一ヶ月四本で三百八十円、この話で湯の友が奥さんの協力を得た。料理によっては二日で一本使うときもあるが、一ヶ月平均して比較すると、カセットの方が千円安いとの結果報告があった。独居の貧乏人の知恵だ。

私は毎回、ご飯は殆ど一膳で、料理したおかずは無くとも、食卓の梅干し、らっきょう漬け、ノリなど、ここに美味しい味噌汁があればよし。味噌汁だけでもＯＫ。有り合わせの粗食、これが貧乏生活のバランスである。分相応、必要最小限で背伸びしなくても、明日も元気に生きられる。男でもご飯を炊くこと、具の入った味噌汁を作ることは、最低の必須条件である。運動はしないが、低カロリー摂取で釣り合っていたようだ。

十二年間住んでいたが、屋根のペンキ塗りや地下水道の水もれなど、維持費がかかるのと、姪も自家があり不要というため、安く売って家を無くしてしまった。貧乏人を名乗り自遊行路の直進で、道の駅スタンプラリーや自然探究などをした。水害にも遭った。朝起きてカーテンを開けたら茫然。家の周りが海なのだ。トイレの水が下がらず困って電話したら、避難ボートが玄関入口まで来てくれて小学校へ避難。私がボートに乗っている写真が新聞に出た。床下浸水で済んだが、同じ市内でも低地域だけの不運であった。

七十五歳のとき、肺炎にかかった。今までは、風邪を引いても銭湯のサウナで汗を流すと楽になり、自然と治っていたが、様子がおかしい。五日ほど経っても全く変わりない。夜中に喉がゼーゼー鳴り出した。これは肺炎だと思い朝を待って、自分の運転で病院へ。的中だった。

何回も点滴に通って治したが、辛い目にあった。食欲がなくなり、梅がゆも砂をかじっているようでダメ。コーヒーを飲んでも半分で捨てる。味覚が狂っていて痩せてゆく。ヨーグルト状の缶詰めに漢方薬を併用。お医者さんのお陰で、生き延びることになったのである。

病気の話になったとき「実は小さい頃から持病があって、それが難病です」と言った。病名は「金無い症候群　慢性金欠病」だ。

一人暮らしを始めた土地は、面白い現象があるので紹介する。昭和五十年頃に家がポツンポツンと建てられ、水道管を道路なりではなく近い所から直に継いだため、自分の家に関係のない水道の水もれが庭から吹き出してきた家もあった。私が買った敷地は、前の持ち主が、道路用地へ境界より故意に七十センチほど、長さでいうと十五メートルはみ出して置石を置き、盛土して生垣を造っていた。新しい水道本管埋設前の道路測量から新たに舗装されたが、公道に飛び出した部分は、そのままになった。遠くから見ても一目瞭然である。新たに境界杭は入っている。生垣は園芸屋さん、門柱代わりの大石はレッカー車。市役所の方では予算が無いため、測量前のそのままで道路舗装になったと思う。近くの人がわざわざ見に来ることもあった。

独り居の留守にポツンと猫が待つ

父親の碑を建立

貧乏人は生きている人ばかりではない。死んでも貧乏人はいたのだ。

普通の人は火葬されて石の墓に納められていた。私の兄弟四人は土葬で、地上には木製の墓。木製だから腐蝕して倒れ、場所が不明になるため、漬物石のような大きな石を見つけてきて、墓石代わりに置いていた。墓まで貧乏人なのだ。

その石に水をかけ、その前に線香を上げて、手を合わしていたのです。お盆の墓参りの前に、墓の周りの草刈りと掃除を済ませていた。お花も供物の野菜も自家製である。

父は墓の購入に丁度のお金を残していたため、北海道の霊園に、平瀬家の墓を建立した。

三十年後に北海道へ戻って、一軒家に落ち着いた。平成十二年、父親たちが眠る墓に外柵を回し、灯ろうも新調し併せて、父・平瀬良香の碑を建立した。自分たちが住む家ばかりでなく、先祖が眠る墓にも目を向け、後世の繁栄を願ったのである。

家をリフォームするように墓石に水をかけ、タワシで汚れを落とし、文字は墨を入れてハッキリと。指でなぞり先祖と触れあうことは、心が落ち着くものだ。

碑

開拓時ノ無縁仏ノ供養ニ終生ヲ傾注ス
広域農村ノ仏事ノ功徳ニ徹シ……
（部分表記）

浮き沈み三途の川のこの世です

自遊行路

満五十五歳で定年扱いの退職をして、私だけが北広島市にマンションを買って北海道へ帰ってきた。その後は、職に就かずバイトもせず〝自遊行路〟だ。いい暮らしも望まず、あるがままの人生を歩む、幸せ者だと思っている。気ままな人間の裏側をさらしている。仕事を持っているときは、自分の能力を出し切ったつもり。その分、退職以降は自由に生きて自分を活かすことが、本来の人生ではないかと考えて実践してきた。仮に三十年働いたら、今度は逆に三十年遊んで生きる、これが理想的な生き方であろうと私は思う。人間は本来、苦労するために生まれてきたのではないと思う。

自遊行路に向かうには、働いているときから用意周到な準備も必要だ。単なる人マネで始めたら、人生を狂わしてしまう恐れがあるため、相当な覚悟も要るのである。

準備とは、早期退職する十年も前から公的年金につなぐため、会社の積立て年金を始める。個人年金も備えるなどが必須条件だ。私は五十五歳から六十歳の間に、会社の積立て年金は全部食ってしまった。

覚悟とは、仕事をしないために行き詰まってくるかもしれない。一旦決めた以上は〝お粥〟をすすってでも耐える。自分だけすすってでも耐える。大事なことは、働いているときにいくら貯めても、貯めた〝お金〟を頼りにしたら、お手上げになるということ。一定のお金（生活費）が入る筋道を付けて、ときどきの不足を貯金で補う（経験者は語る）。

仕事もせずに、若いのに勿体ないと何人かに言われたが、誰にも頼らず、自分の力と甲斐性で生きるから堂々たるもの。人の批判など問題ではない。人が容易にできないことを、自分はできている。そんな優越感すらあったのだ。遊ぶとは、心の趣くままに生涯学習や新聞の三行コントや川柳など、有意義かつ心豊かに、生きることを楽しむことである。

あるとき、戻れる家があるなら二、三年ぐらいホームレスを体験してみようと思ったことがある。ゴミ箱に捨てた弁当を拾って食べ、夜は野宿紛いで寝る。生きることのほんとうの意味が知りたいと思った。世の中こんな変わり者がいても、よいのではないか。ホームレスから作家になった人もいるのだから、転んでもただでは起きないという心意気だ。しかし勇気が足りなかった。貧乏について書いた本はあるが、貧乏人について書いた本は知らない。

道内一周の道の駅スタンプラリーも二回行った。貧乏人の車中泊、旅の最適なものと思う。貧乏人も、千二百CCのドイツ車に四年間ほど乗った。人生は一回限りだから、一度外車に乗ってみようと思い、持ち金を集めてやっと入手して、二回目のスタンプラリーに出かけた。みんなに「何が貧乏人だっ」と言われた。七十七歳が九十八キロ出して行政処分、自分ながら参った。友は精神鑑定が必要ではと言う。

介護される身になったら、などと先のことを心配したら歳を取るだけなので、気楽に行きたい。貧乏人が大見栄を張ると、そのシワ寄せがジワジワ寄せてくるから、車は軽自動車に替えた。いい年して、いい振りをして、家も土地も無くした。自分一代で終わりだから、今は、市民の皆さんの税金で建てた家にお世話になっている次第である。

何かとお世話をしてくれる人がいて、ときどき食べ物のお裾分けがあり、つくづく果報者だと思う。意外と世の中を広く見ることになったのは、物事に関心を持ち当たって砕けろダメで元々。貧乏育ちで植え付けられた何事も捨て身の覚悟が、功を奏してきたと思っている。

札幌の地下街で見つけた〝路上脱出生活支援ガイド〟。何曜日の何時から、どこで炊き出しがあるか書かれている。備えあれば憂いなし、役立つ冊子を見つけた。

自分が生きることが誰かのためになっている反面、誰の迷惑にもならず生きられる保証はない。一回限りの人生、あれもこれも我慢、それも耐えるではみじめだ。自分の力で進むなら〝それもよし〟でよいではないか。

〝貧乏〟についての本も数あるが、視野を広げ世の中を強く生きるための処世術を知らされる。人々の底辺を知ることで、教えられることも沢山あるのである。とことん自分の力で生きようと信念を持ち、人生を愚痴らないことで、明るい貧乏人にならなければなるまい。それには〝自助努力〟。今より一段二段下げて生活、これは努力である。真の貧乏人はこの努力ができるのである。

明日も元気で生きる保証などどこにもないと知れば、必要最低限で背伸びしないことだ。しかし義理を欠いてはいけない。世間を狭くして生き辛くなるだけである。

学校を出ていないとか、頭が悪いとか、手先が不器用だとか、そんな御託を並べても始まらない。とにかく一度やってみる。これが一番の勉強だ。ダメだと思ったことが、意外と自分にもできて面白いこともある。逆に自分にもできると思ったものが、全くダメだと分かるものもある。

強く生きるための試練と環境を与えられたお陰で〝足るを知る〟、そして〝今がある〟。

収入が無いのであるから、見栄を張ったような背伸びをしてはならない。必ずそのシワ寄せが来る。分相応に、地道で質素な暮らしぶりが大事になってくる。誰からの援助にも頼らず、人様に迷惑をかけず、自分の力で遊ばないと〝遊ぶ〟ことにはならない。

仕事を持たないで生きるとはいえ、生きてゆく以上少しでも人のため、世のためになっていこうとする姿勢を忘れてはならないと思う。一度限りの人生だから、くよくよしない、あくせくしない。小さくとも、常に夢や希望を失ってはならないと思う。

目の黒い間中ゴソゴソ働いて、俺もうダメだと思ったとき、すべてがダメでは人生あまりにも淋しい。今まで頑張ってきてよかったなーとしみじみ思える〝与生〟があって、本来の人生ではないだろうか。

若い日の杭打ち足りず残る悔い

道の駅スタンプラリー

北海道に生まれ育ったが、北海道を詳しく知らない。貧乏育ちゆえ旅をしたことがない。車を持つようになってから覚えたのが〝道の駅スタンプラリー〟である。普通の小型車でも車中泊をしながら、お金も使わずに北海道一周、貧乏人には最適な旅行なのだ。

全駅完全制覇認定証を二回もらったが、お土産も二回。一回目は、平成二十一年に百六ヶ所、スピードで反則金一・五万円。二回目は喜寿で、令和二年に百二十四ヶ所、スピードで行政処分反則金七万円。二回共、今日で終わるという日に起こしている。貧乏人の大失態、身から出た錆。それでも道内各地の風土に触れて、幸せと感じている。

車中泊はお金のかからない分、気を使うのである。やってみようという人の参考になればと思い、大筋の心得を書いてみる。一晩いかに休めるか、それによって疲れが大きく違ってくる。寝床面のデコボコを無くし足をまっすぐ伸ばし、大の字になれるのが最高。防寒対策をしっかりし、パン食などの用意も便利。真夏は防虫。駅の環境をガイド本で下調べする必要あり。

延々とスタンドが無い道もあるため、燃料チェックを忘れないこと。ガス欠を心配しながら走り、給油場所一つだけの小さなスタンドが現れ、救われた気持ちで、高値であったが天にも昇る心地。二百メートルも走ったら、大きなスタンドがあって値段も並でガックリ。

地理が分からないため戸惑いも多い。主な道を走ると大きく遠回りになるため、近道を走ったら悪路で曲りくねって山坂あり。逆に時間がかかり距離はほぼ同じ。目的地へは、なるべく明るい間に終わらせることがよい。夕暮れに駅に着いてから、銭湯へ行った帰りに迷ったことがある。方角も分からず、小さな町では人一人歩いていない。

駐車の場所にも気遣いが要るのだ。入口近くは車の出入りが多く騒がしい。夜中にボリュームを上げた若者がそばに来て、寝れない。トイレが遠くで冷えきったり、大木の横に停めたら、夜中にバラバラ雨の音。

やる気があれば軽自動車でも大丈夫だ。自分のペースで無理は禁物。夫婦で回ってスタンプ帳を広げている人もいた。道内全駅回って五千キロは走ると予定した方がよい。

余暇を活用して楽しむことであるから、オリジナルのTシャツの背中に〝貧乏人〟と、一文字七センチ角の白文字ゴシック体で入れた。「俺もそのシャツ欲しいけど、どこに売っているのか」と聞かれることもあった。土産店の女の子の笑い声が背中で聞こえたりなどなど。車の後部には〝逃亡中〟の磁石付きステッカー（自作）を吸着。車のナンバーは〝10―48〟（逃亡車）。ディーラーの人が、「よくこういうことを考えるもんですねー」と言っていた。

便利さのこれが普通という暮らし

貧乏人はペンネーム

六十年の歴史ある読売新聞の『USO放送』という新聞三行コントに投稿したのは、十年前。ペンネームは〝貧乏人〟である。他の仲間も面白くひねった名前ばかりだ。初めて載った道内版は「記録的積雪　雨にも負けず　雪にも負けず（岩見沢・貧乏人）」（二〇一二年一月二十一日・道内版）。ペンネームが貧乏人は全国でも私一人のようだ。究極の少字数で、鋭い社会風刺やユーモアで世相を斬るのは快感であり、書いたものを多くの人が読み、活字になるのが嬉しい。

毎朝の新聞から投稿作品を作るのが、日課のようになっている。常連がいて競り合いになっている。他者の作に感心し、閃きの悪さに沈み、私はやっと月に一回ぐらいの掲載である。最近は成績がかなり悪い。自作が活字になった朝は、体の動き方がよくなり早速コピーをとる。一回載ると千円振込まれる。

全国版は稀に出すが、十年間で三回載っただけ。一日二百から三百の中から、たった一本だけ載る狭き門だ。大きな感動であった初めての作は、やなせたかしさんの死去のニュースから「お供え　アンパン　子供たち（北海道・貧乏人）」（二〇一三年十月十七日・全国版）。この作が、運よく足跡一つ残してくれた。中央公論新社の文庫本『USO放送　世相を斬る三行の風刺』にも、二十年間の傑作四百八十コントの中の一つに入ったのである。諦めず続けていると嬉しいこともあるものだと思う。〝貧乏人〟とペンで書かない日は殆どない。

某社会福祉法人の救援募金を、ときどき行っている。一度〝貧乏人〟の名で送ろうと思い郵便局の振替に書いた。普通の名前でないと言われ正しい名前でと言われる。そこでこれはペンネームだと言ってOK。事業団からは、貧乏人の名では新聞に出せないので、ほんとうの名前を教えてほしいと言われた。結果、新聞は正規の名前で、預かり証と礼状は〝貧乏人〟で折り合った。

自然災害で同胞の惨状を見て、自分は無事に生きていると感じた。少ない気持ちを出して明日にも食うに困るとなれば別だが、共生共存の思いだ。貧乏に育った影響があると思う。

これまでに掲載された読売新聞の三行コント『USO放送』の抜粋

・お供え　アンパン　—子供たち（北海道・貧乏人）
二〇一三年十月十七日・全国版

・海の家　11年間撤去せず泳がしてもらった　—おたる海の家（岩見沢・貧乏人）
二〇一五年一月二十六日・道内版

・石屋製菓　東京に直営店　連れてって！　—白い恋人（岩見沢・貧乏人）
二〇一六年十月二十八日・道内版

・レシート確認　値より消費税率　—消費者（北海道・貧乏人）
二〇一九年十月二日・全国版

・オンライン会談　握手はできません　—米中首脳（北海道・貧乏人）
二〇二一年十一月十九日・全国版

「貧乏人」を名乗る

六十五歳のとき同じ市内に、三十四年前に建てたリフォームのない泥炭地で少し傾いた家を、一人になりたくて別居用に買った。一年後に貧乏人を名乗った。表札はユニークで〝貧乏人の家〟。素材はセラミックで白地に黒文字のゴシック体、九メートル離れた道路からでも読める。町内会にも入っており周りの人も周知のようだ。変わり者扱いされたこともなく、みんな普通に接してくれていた。

貧乏人の家に来たセールスを「お金のかかる話はダメだ」と一蹴。

「旦那さん、この表札は作らせたんですか」

「そうだよ高かったんだ」

「それじゃ、貧乏人じゃないんじゃないですか」

貧乏人らしい表札、成程。隣の主人は気心知れた人で退屈したら遊びに来た。

「貧乏人と言っても誰も信じないから、いっそのこと、金持ちの家にしたら？」

それはできない。湯の友がわざわざ訪ねてきて「ほんとうだ」と言っていた。

道路二本離れた町内の爺さんがひょっこり来て、開口一番「俺はこの町の厄介者だからよっ」と言う。話好きで持論を展開する面白い人だ。門柱代わりの大きな石を見て「これはいい石だ。どうせ暇だろうからタガネで掘って、表札を埋めろや」と言った。「表札なら立派なのを掲げてある」と指を差すと、ひょこひょこ近づいて「あんたも、ここまでやるか」と言っていた。

貧乏人を名乗るには名刺も要る。遊び心十分なカラフル名刺をワープロで、工夫凝らして自作した。〝自遊行路〟の文字に風船を飛ばし、肩書は輝く星の〝貧乏人〟。名前は痩せ細った小さめの文字で、住所には〝貧乏人の家〟。

この名刺を受け取った人の反応も面白い。間を置いてニヤッとする人、「自遊行路とは、文字通りの解釈でいいんですか」「貧乏人とは面白いなあ」「デザインのセンスがよい」「人生哲学があるんでしょ」などと言う人、周りの人に見せて歩いた人もいた。人と同じでは面白味がない。一時の和みを与えようとする自己アピールなのだ。私の名前が出てこないとき〝貧乏人〟ならすぐ出てきたと湯の友が笑う。

私の住む地方の新聞『空知プレス』に、平成二十七年八月に掲載された記事を、私の自己紹介の意味でここに載せる。（巻頭の写真は、実際に掲載されたときのもの）

〝街でパチリ〟玄関の表札に「貧乏人の家」

訪れる人は一瞬、ビックリし、そしてニヤリとする。そんな表札が市内南町、無職の平瀬春吉さん（72）宅に堂々と玄関に掲げられている。

掲示したのは数年前。表札には「貧乏人の家」、ローマ字で「HIRASE」と記入されている。平瀬さんは独学で生涯学習コーディネーターの資格を取得。市教委の社会教育委員（公募）でもある。また先日には、北大の公開講座に100回以上通い、空知管内で初めて「アドバンストメンバー」の証書を受けたまじめな人。

表札の動機は「極貧農家に生まれたことも事実だし、現在も年金生活で裕福ではない。でも幸せは金銭、物質的な充足だけでは得られない。自分を客観的に見よう、精神的な充実こそ幸せという、自分へのたゆまない問いかけという意味もある。ある種の居直りですが、それで人生ラクになった」という。そうした「自分をもしゃれのめす」生き方は、新聞の投書欄や社会面に掲載されている「三行ユーモア」投稿の常連にもなっている。何度も掲載されていて、例えば、やなせたかしさんが死去した時には「お供え」と題して、「アンパン～子供から」、記録的豪雪の時には「雨にも負けず

雪にも負けず　岩見沢市民」など。すべてペンネームは貧乏人。「虚飾をそぎ落とし、限りない欲望の世界から脱却。感謝の念を抱きながら生きると幸せに近づく」と平瀬さんは話している。

働く人生から遊ぶ人生に切り替えるために北海道へ戻ってきたから、仕事は持たない。それには貧乏人の条件と言えそうな覚悟が要る。一つ目は〝お粥をすすってでも耐え貫く〟ということ。二つ目は〝自分の力で生きる〟ということ。人と違った生き方には、それなりの強い信念が要る。人と同じことをやっても同じ。日本全国敵に回しても生きてやる、そう思ったぐらいである。貧しさに耐えることは自分との戦いである。戦いであるから負けてはならないのだ。しかし人との交流も大事であるから、手紙は配達されなければならない。湯の友が「貧乏人で郵便が来るのか」と聞くが、大丈夫、貧乏人様で何通も届いている。貧乏人を名乗ることは、堂々と大々的に表示することだ。そして正しい住所があれば届けてくれる。道路縁は青々とした庭があり、地図の検索では〝貧乏人カフェ〟となっている。

お金がかからず簡単にできること、それは〝貧乏人〟である。

親に逢わせることもためらう状況の私が、将来を共にする相手を選ぶ目当ては、〝この貧乏人でも付いてきてくれる気があるか否か〟。この一点だけで他は目をつぶっていた。金持ちの息子なら、華が容姿が、と思ったかもしれないが……。

六十五歳から別居を始め、調停を申し立て七十一歳で離婚成立した。本来なら夫婦でのんびり旅行などして、頑張ってきてよかったとしみじみ思うものだが、そんな余生は半分以上消え去ったのである。

私が調停離婚したとき、風呂仲間の一人が、「実は俺も離婚したいけどできない。妻と二人の年金を合わせるから何とか生きていけるが、分けたら二人共生活できなくなる。あんたは、それができたのだから幸せだ（家内は厚年を二十五年かけていた）」と、仕方なく惰性でやっているという。結婚しての幸せは分かるが、離婚しての幸せも、私を含めて考えさせられる。人の世の現実だと思う。

〝貧乏〟脱出ならず

・成立調書の条項から　解決金……百万円

財産分与……二百三十万円

年金分割……〇・五（一ヶ月二万円減）

・当事者双方の取決め　家の売却代金……二百八十万円

現金……八十万円

はね返したつもりの貧乏神が、また仲よくしようと近づいてきた。貧乏脱出ならず。一人暮らし用の中古の家を買ったり、調子に乗って外車に手を出したり、結局は貧乏とは縁が切れず、先天性貧乏症なのだ。私は今、土地も家も無くしたが葬式代は残しておこうと思っている。〝私が骨になってすぐ墓の前で一晩、星空を見上げたい、ロマンチストだから……〟。今は市民の皆さんの税金で建てた家に住まわせてもらっているので、ありがたい限りである。

私のように生まれ育った人間が、これでよかったのか、他によりよい生き方があったのか、ただ運が悪かったの一言であるのか……。この本を読んで頂いた皆さんに答えを求め、人生思考の一端になればよいと思う。

年金で息子養うこの不運

極貧による感化・外（五十五歳以降）

救援募金

私は五十五歳から、某社会福祉法人の救援募金に微々たる協力を続けている。大地震や豪雨、台風などの自然災害に対し、自分は今、平然としていられるが、被災者の人たちは途方に暮れ、行方不明者や負傷者もいる。そう考えたとき、何とか凌いでほしい、この気持ちを表わす行動なのだ。

自分も人の世の役に立っているという自覚と、今まで生きてきたお礼の気持ちもある。仮にここで五千円出したとして、明日にも困るわけではない。自分が生きていることが世の中のためにもなっている。一時的にそんな気持ちになるのである。自分一人では生きられない、人々の支えがあって共に生きる、その心の持ち方であろうと思う。

人の情けに甘えて生きてきている。できるならすべての借りを返したいが、この世を去っている人もいて直接にお礼ができない。その代わりとして世の中へ募金をしている。これが募金を始めた発想だ。

遊びの人生に入ってもみんなと共に生きていられる感謝の意味と、私自身の世の中の不義理に対する償いの気持ちもあるのである。

貧乏とは質の違う、貧乏性がある。貧乏性とは、貧乏でもないのに、余裕があってもゆとりのある気分になれずにケチケチして過ごす人をいう、と何かで読んで全くの同感である。

著書『清福の思想』

二十年前に全国流通出版した単行本だ。今回の出版に関連が深いため、粗筋を紹介しようと思う。

この本では、極貧不遇の中に生まれ労働者の底辺に生きた浅学非才な自分が、精神的な生涯の〝幸せ感〟を求めるため虚飾をそぎ落とし、〝本質思考〟に立って物事を見極め、実証のないものは否定し、自分を取り巻くすべてのものを〝環境〟と捉えている。

生きるために与えられた環境は恩恵であり、感謝の念を抱き、その精神を何らかの形で社会に還元してゆくことが、幸せ感を生む原点となるという意識改革の書である。至極シンプルなこの思想は、自然と人間の結び付きに基づいた発想展開であり、運命的な観念を排除し、生きていること自体を起点としている。

人間の生きる力（闘争心）は母体の中から始まり、自分一人がこの世に出るために大勢の同胞をかき分け戦い抜いて、自分だけがたどり着いた尊い命だ。たった一人でも頼られる命ならしっかり生きる義務がある。人生は刻一刻変化する環境に浸りつつ、適応しながら生き、現世限りである。

感謝の念はいくら持ち続けても、幸せ感は持続しない。受けた思想に対し単なる受身ではなく、人のため社会のために寄与する精神発揚から「恵与」の行動が生まれて、「幸せ感」が顔を出すのである。自分一人では生きられない人の世だが、他者のために役立つことは、生きることを〝活かす〟ことであり、この世を謳歌して生きることなのだ。

日本レコード大賞新人賞を受け、夢の紅白にも出た五十五歳の元某歌手。テレビ番組など芸能界を止めて十年。道に迷い、仏の道へ進んだ。曹洞宗寺院で出家し、僧侶に転身した。

小学六年生のとき、父と血のつながりのないことを知りグレて中学二年生で家出、ツッパリ少年になる。歌謡界の大御所、船村徹さんの内弟子で三年間の修行を経て、平成元年にデビューした。三十万枚以上売れたヒット曲も出た。

芸能界から逃げたからこそ今の自分もあるという。どうしてもつらい時は逃げる。生きていれば自分との戦いであり、ひとりひとりに役割ができるから、と何かで述べていた記憶がある。

妻と飼っている猫を大事にすることが、彼の今の幸せのようだ。紆余曲折の末にたどり着いた今の幸せは、清福そのものと知らされた。

菜園用地開拓

北海道北広島から岩見沢に移り、家内と合流。廃線になったJR用地を開拓。十一月初めには、ちらつく雪の中でクワとスコップを使いながら、砂利が混ざった粘土地に生えるススキなどの強力な雑草の根と戦い、家庭菜園用地開拓のために挑んだ。

来春を待って六十坪を拓いた。ジャガイモ、とうもろこし、白菜や大根などなど、欲がでて六十坪では足りなくなり、更に六十坪広げることにした。前のとき投げ捨てた周りの石を再び投げることになった。同じJR用地で少し離れた所に、何人かの人が前から菜園を作っていた。

私が耕運機を買って使っていると、菜園仲間が驚いて見にきた。その後機械を使う人が現れるようになった。八年かけて菜園が作れたが、JRが土地を売り、家が建ち並んだ。

栃木県では家庭菜園をやるために百坪の区画を求め、その分、家は十五・七五坪の家にしたほどだ。農に馴染みがあるため、自給自足を考えてしまうのだ。単身でマンション住まいの北広島でも、菜園用に五十坪の市街化調整区域を入手した。集合住宅の暮らしでも、トマト、ナス、ピーマンなど大きな鉢でベランダ栽培をしている。大事なことは水分を切らさないこと。零細農家の貧しさで育ったためか、自給自足に関心が向くようである。

顧みると、一つのことに集中できず、何事も曲りなりに熟してきた、器用貧乏であったのだと思う。

思わぬ民生委員

町内会長から、いろいろと世の中を見てきているから、町会の役員とは別に民生委員を受けてほしいと言われた。誰でもいいというわけにはいかない、などと言われて受けることになった。実は、私が親の家を出てから、父は生活保護を受けていた。その息子が民生委員になるとは思いも寄らないことであったが、両親がお世話になったのだから、お返しの意味もあった。

民生委員の教育参加、担当区内の安否確認や世帯調査、ボランティア活動や地域ふれあい行事の参加などで、無償の社会奉仕に車も必要になり、再度車の免許を取った。行動範囲と共に交流も広がり、後半の人生を彩ることになり、幸いな成り行きだった。

民生委員の人たちは公職の身であった人が意外と多く、私の前任者は校長であったという。全くの民間人は、私を入れて十八名中二人ほど。月一回の例会では、活動報告や話し合いがある。このときの司会役は交替で行う。中学卒の人は私一人だけで、初めは気後れした。

民生委員になって三年、中堅民生委員の研修を受けた。これは参加内容も確認せずに、誰も手を上げないから私が上げた。よく見ると、協議会でリーダーとして期待される委員とある（早まった！）。どうりで誰も手を上げないはずだ。市の百二十人中から二人、札幌のホテルで、朝のラジオ体操から夜八時まで、三日間の缶詰め教育。全課を修了してホッとした。ずいぶん勉強になった。

デイサービスの施設へ月に一回ほど、風呂に入るときの衣服の着脱などなどの、介助ボランティアを行った。着替室から出てきた男性が、ズボンのポケットに手が入らないという。ズボンの前と後ろを逆にはかせたのだ。もう一度脱がして直した。何も考えないではかせた私の不注意だった。

あるとき、履かせたクツ下を左右入れ替えてほしいというのだ。よく見れば、親指の頭の部分に穴が開いている。私も貧乏人なので、すぐ直感した。その穴が大きくならないように、小指部分に穴がくるように履かせろというのだ。食料や物の無い時代を生き抜いてきた経済感から、長持ちさせたいのだ。福祉は、他者を思いやる心の広さが大事だと思う。

風呂上がりは、手分けして体を拭き衣服を着せるのだが、あるとき風呂から出てきた男性が、自分に寄るなと手で合図し拒否された。横にいた若い女性の看護師さんがよいというのだ。自分の体の自由もままならないのに何を考えているのか、流石に私もムッときたが……。

福祉の実務としては初歩的と思うが、人間同士の〝ふれあい〟は感情のふれあいであると改めて思った。地域の福祉に関わり、大勢の人とふれあうことで視野が広がり、人間的な成長になったと思う。私の主張する〝自遊行路〟と相まって、人生が開けたと実感した。住所移転のため二期務めて終わったけれど、人生の中で意義深いことであった。

灯を点し今年も逢えた敬老会

車の免許について

自衛隊で昭和四十一年に大型免許を取得しているが、運転歴はない。入隊して取りたい資格では、車の免許は殆どの人が希望していた。私はその頃、車に興味が無く希望しなかったが、同期では早く、適性検査の結果が出る前に自動車訓練所に入った。

命令口調で厳しいため原隊に帰りたいと言ったら、同じ中隊から助教で来ていた先輩に「平瀬っ。隊に帰ってなんなるか。あいつは根性のないやつだと言われるだけだ。最後までいれっ」と言われた。その通りだと思い、続けることにした。車庫入れのときは荷台が大きく、背が小さいため、運転席から体半分立ち上がったような格好で頑張ったのだ。あのとき先輩の一言が無かったら、大型の免許を取ることはなかったと思う。免許を手にしたとき、しみじみ嬉しかった。後になって、このようにして得た車の免許を電車通勤が続くと思い捨ててしまったのだ。自分の浅はかさを悔いた。根っからの貧乏症なのだ。

通勤が栃木県の田園風景に変わり、仕方なく原付バイクに乗っていたら、若い娘さんが自動二輪で追い抜いていく。今度は自動二輪を取りに自動車学校へ行った。家内はパートで働くため車を持っていたが、私は運転席に乗ったこともなかった。

北海道に戻り四年目、福祉関係に携わることになり、車が必要になってきた。六十歳で免許を取りにくる人は稀であるとの話だった。教習の予約は事務の女性が毎回操作してくれた。一段階は規定より二時間オーバーで合格、二段階は規定内で合格。「随分早かったですね」と言われ、「お世話になりました。お陰で車に乗れるようになりました」

遊びの人生になって車があることで、四季を問わず自然とのふれあいが心の趣くまま可能となり、道の駅スタンプラリーを道内二回行い、全駅制覇の認定証をもらった。行政処分で罰金七万円、高額納税者にもなった。

生涯学習一筋

学校へ行けない、先生につけない。後は独学の通信教育しかないため、数々の教育を受講してきた。修了証ももらわず投げだしたものもある。答えだけ探して修了証だけもらっても意味がない。文部省認定の受講中にもらう機関誌に写真付きで文章が載り、資格取得につながったものもある。修了証に併せて成績優秀賞をもらい、生涯学習一級インストラクターに推薦された。

質問を繰り返し疑問を消すことが、理解を深めることを知った。資格取得に向けて正面から取り組んだものに、やはり文部省認定の通信教育で、生涯学習コーディネーターの受講がある。レベルの高い講座であったが、課題すべてに合格点で修了し、資格審査で〝生涯学習コーディネーター〟を取得した。

市教委の社会教育委員に七十一歳でなり、公募で三期務めた。併せて文化財保護委員は五期目で進行中である。学歴のない人間でも、勉強した足跡を残して後に、講師の信頼に役立ち、功を奏したこともあるのだ。

平成二十年に〝ほっかいどう学検定〟が実施された。公式問題集を本屋で買い、事前講習も受けて合格。このときの合格者で立ち上げた〝ほっかいどう学を学ぶ会〟に入会。道内各地へ一泊の歴史探訪バスツアーなど研修して回った。楽しく見聞も広めつつ、交流を得ることは有意義であった。

生涯学習の中で際立った経験であったのは、考古学の強者たちを前にしての研究発表の機会を二回得たことである。明治十九年「開拓水道」の背景と検証。明治初期「幌内鉄道」始まりの経緯。発表の資料作りに好奇心を持って、意欲的に取り組んだものだ。現地の探索見聞、図書館通い十数回、資料館での観察検分など。

発表会場は、壇上横に発表の題目の垂れ幕が下がる。学歴のない私も、一度は壇上に上がってみたいと思い、題材を探していたのだ。一回目は喉が乾くなど、上がってしまった。もしかして聴いてる人の方が、よく知っているかもしれないようなケースであったからだ。質問時間もあったが難なく済ますことができた。作成した遺跡調査検分図は、市の史料室に納まっている。余暇活用の生涯学習が、自他共に意義ある結果を得たものと自負している。学歴や年齢を捨てて物事に挑む精神が生涯学習であり〝若さ〟であると強調したい。

同じ平成二十年に〝道民カレッジ〟（学長は知事）にも入会した。博士の三百単位に執念を燃やして、各地のいろいろな施設を回った。北海道大学へも何回か行くことがあった。『道民カレッジだより』の表紙に写真付きの私の記事があったことで声をかけられ、北大の公開講座の受講生の手続きをして頂いた。お陰でその後に、生涯学習学友会のアドバンストメンバー証をもらうことができた。（私の住む郡内で初めて）

午後四時半頃に高速バスで四十五分、更に地下鉄に乗るときもある。帰りは急ぎ足で最終バスに乗り、十二時前に帰宅。受講料を前納したりなど費用もかかり、百回以上受講することも執念である。

北大に関わることにお世話を頂いた方が、道民カレッジの連携講座の講師になっていると知り、その講座に私も受講した。すると、主宰者から講師を依頼され、六回務めた（札幌にある道民カレッジ会場の一つである三角山文庫で行った）。

生涯学習に因んだ、私の好きな相田みつをの言葉〝一生勉強　一生青春〟。自遊行路の人生になってからは、学歴もないため〝生涯学習〟に挑んできた。いくつになっても〝夢と感動〟を求め、〝生涯学習志向〟で生きていこうと思う。

平成二十七年九月十六日に読売新聞に掲載された記事（原文まま）を紹介する。

生涯学習こそ生きがい

北海道　平瀬春吉　72

私は、学歴のないコンプレックスを克服するため、生涯学習に情熱を注ぎ、1級インストラクターやコーディネーターの認定を受けました。地元北海道の生涯学習事業「道民カレッジ」では、1部門で博士号をいただき、講師を務めたりもしております。学んだことを社会に生かすことも大切です。2年前に一般公募で市の社会教育委員になり、教育計画の企画、立案に関わっています。

今年も、4年間受講してきた北海道大学公開講座の学友会アドバンストメンバーに選ばれ、生涯学習こそ私の友、私の生きがいであると確信いたしました。

書の詩人といわれる相田みつをの言葉、「一生勉強、一生青春」が座右の銘。学歴や経歴、年齢を忘れて物事に挑戦する精神が生涯学習であり、若さであると思います。学びに終わりはありません。

検索で漁る文化を喰っている

海を知らない母

私の母は明治四十二年生まれで、小学校は殆ど通っていない。文字も、漢字は読めない。本家を継いだ農家の兄夫婦の世話で大きくなったようだ。習い事は何もせず、働きに行ったこともなく全くの世間知らずであったと思う。父と結婚した頃は、気が利かない嫁と言われ泣いていたようだが、何を言われても言い返す母ではなかった。

村一番の貧乏人で私の上三人は肺炎で亡くなり、私は母が大事にして生き延びたのである。小学三年生頃、字の読めぬ母が通信簿をじっと無言で見つめており、何をどのように感じていたのか、息子の成績に見入っていた記憶がある。

私は三十年間内地で働き、父の死後、母は施設で二十年間お世話になり、お陰で九十一歳まで長生きした。折にふれ母を思うとき、心残りなことがある。母は生まれてから一度も海を見たことが無かった。特別なことではなく、広々とした大きな海を車に乗せて見せてやりたかった、それだけだが、悔やまれてならない。仏事に努め手を合わせている。

山で生まれ育って、どこへも行かず大きくなった自分が一番大きな感動したことは、初めて海を見たときであったと思う。広々とした大きさは驚異であった。その海を母親は知らずに終わった。好き放題に車を乗り回している自分が申し訳なく思う。

字が読めぬ母が見つめる通信簿

取材記事　パンツ穿かずに学校へ

軽費老人ホームで、おやつの時間の雑談の中で、若いときの〝貧乏〟についての話になったとき、他人の貧乏は自分との比較にはならないという女性の方がいた。どのような貧しさを生きてきたのか知りたくなり、別の機会に私の村一番の貧乏育ちを話すと共鳴して、聞かせてもらえることができた。

その方は私より十歳ほど上で、転々と移り住み落ち着かれたようだ。一家で着のみ着のままで樺太（サハリン）からの引き揚げ者であった。戦前戦後すぐは、上の子が下の子の子守りをした話は、三度ほど聞いたことがあった。喰うや喰わずの時代は家族総ぐるみで、生きることが精いっぱいであったと思う。

学校へ子供をおんぶして通った話も聞いたことはあったが、実際に経験した人の話を彼女から初めて聞くことができた。小学三年生当時は、国民学校といわれ、日本の戦局は益々不利になっていた頃であった。教科書は無いから持たずに、両親が働きに出るため、一歳の弟を背負って学校へ。弟が泣いたりウンチのときは、廊下に出てオシメを取り替えた。同じことをしている子がもう一人いたという。

学校へ勉強に行ったというより、のぞきに行ったという感じだったと話す。あるとき身体検査があり、あわてて弟を背負い早引きして家に帰ってきた。実は下着のパンツを穿いていなかったのだ。親には一切言わなかったという。

家族の状況や自分の立場も分かり、親を悲しませないなどの気遣いが自然とできていたと思うと話していた。家にいてお腹が空いても、何も食べるものが無いから、村の各家をジャガイモはないか、カボチャはないかと歩き回って恵んでもらった。今思い出すと、涙が出てくるという。細かいことは聞かなかったというより、もう聞けなかった。

私のいた村にも樺太引き揚げ者の住宅があった。平家を中で小さく仕切った板は、ベニヤ板一枚の簡素な住まいだったことを、うっすら覚えている。真冬に暖を得るために、走ってる石炭列車から飛び散った石炭を雪面の穴から拾って、買物袋に集めていた。私と同じ小学生の子供が二、三人いたと思う。やっと生きて裸同然で北海道へ戻ってきた人たちは、切ない思いを積み重ねたと思う。

貧乏こぼれ話

青春ソングを歌う歌手は子供の頃、義母に辛く当たられていたようだ。別部屋にご飯だけで〝おかず〟が無い。醤油を隠しておいて、ハシに醤油を浸しながら食べたという本人の話を聞いたことがある。

古い話であるが、小説家の下積み時代、天井を見上げると隙間から星が見えるあばら家で、食べ物もお金も無いからチリ紙の束を水に浸し、それに醤油をかけて食べ空腹を凌いでいたら、懸賞金付き小説に入選して百万円が当たったという話をテレビで見たような記憶がある。

独自なスタイルの歌手は、夜中にリヤカーで母親と夜逃げを七回。片目は治療ができず失明。小学校は三年半通い、鉛筆や消しゴムは学校のゴミ捨て場で拾ったとのこと。やる気と情熱、持ち前の明るさが、歌手になる夢を叶えたと思う。

北海道白老町で、昭和三十年第一号名誉町民になり、コタンの赤ひげ先生と呼ばれたお医者さんの話である。

生涯を医療と福祉で人助けに徹し、住民の誰からも慕われていた。生活困窮者には治療代を請求しないどころか、逆にお米やお菓子などをそっと置いて帰ることもあったという。どんなに遠くても往診を断らなかった。子供たちが「院長さんだ」と言って挨拶したという。ボロボロの丹前で眠り、履き古した靴を履いていた。

亡くなったときは、千人以上の参列者が見送ったという。今は公園になった白老病院の跡地では、胸像が静かに見守っている。

一九六〇年代に流行したアイビールックの生み親であり、ファッション界の大御所であった人物が〝かっこいい貧乏人〟のすすめを提唱している。私と思考がよく似ており、かっこいい貧乏人には惚れた。ここでは、彼の生き方や考え方を取り上げることにする。

彼によると、ファッションとは衣食住のすべてであり、流行ばかりを追いかけていてもオシャレな生き方とは言えないという。彼自身、これまで三度無一文になったが、前向きに生きることで、ますます人生が楽しくなったようだ。人と同じじゃつまらないと思い続け好奇心旺盛でいれば、生き方のセンスが洗練されてくる。うろ覚えではあるが、ある新聞でこう述べていたと思う。

全くの同感であり、さすがの御意見番である。

貧乏語録

○物で残さず心を残す、貧乏人の魂だ
○いくら貧乏しても心の貧乏はしない
○お金の額面は使う人によって変わる
○必要なものは、必要なときに必要なだけ
○親の財産は親のもの、俺の財産は？
○貧乏人に高級な物は似合わない
○人を羨む前に、その人ほど汗したか
○〝貧乏〟は人間修養なのだ
○貧乏人は失うものが無いから気楽
○田舎料理は懐かしい母の味だ
○粗食で傘寿、まだまだ生きる
○若さとは齢関係なく物事に挑戦することにあり
○当たってダメで元々無駄にはならない
○自分は自分、人と同じで何が面白い
○ないない尽くしは情熱と本音で迫れ

○余生・余命は失礼、与生・与命です
○第二の人生学歴経歴年齢捨てること
○極貧とは、定住者で衣食住すべてに貧しい人
○同じ境遇でも「心構え」で差異が出る

〈著者紹介〉
平瀬 春吉（ひらせ はるよし）
昭和十八年、北海道三笠市の極貧農家に生まれ、中学校卒。
札幌の時計店に三年間無給で住み込む。陸上自衛隊入隊。
東京芝浦電気 KK 入社、定年扱い退職。
元民生委員・児童委員。元市社会教育委員。市文化財保護委員。
市総合戦略等推進委員。
北海道大学生涯学習学友会アドバンストメンバー。
著書に『清福の思想』（文芸社）がある。

貧乏赤裸々《びんぼうせきらら》　人生《じんせい》に無駄《むだ》はない

2023年3月24日　第1刷発行

著　者　平瀬春吉
発行人　久保田貴幸

発行元　株式会社 幻冬舎メディアコンサルティング
〒151-0051　東京都渋谷区千駄ヶ谷4-9-7
電話　03-5411-6440（編集）

発売元　株式会社 幻冬舎
〒151-0051　東京都渋谷区千駄ヶ谷4-9-7
電話　03-5411-6222（営業）

印刷・製本　中央精版印刷株式会社
装　丁　加藤綾羽

検印廃止

Printed in Japan
ISBN 978-4-344-94323-0　C0095
幻冬舎メディアコンサルティング HP
https://www.gentosha-mc.com/